Para ti, Valentina,
porque muy pronto verte leer
será lo más normal del mundo.
Mar Pavón

A mi hijo Youenn.
Laure du Faÿ

É G A L I T è

¡Eso no es normal!
Serie Egalité

© del texto: Mar Pavón, 2014
© de las ilustraciones: Laure du Faÿ, 2015
© de la edición: NubeOcho, 2015
www.nubeocho.com – info@nubeocho.com

Correctora: Daniela Morra

Segunda edición: 2016
Primera edición: Octubre 2015

ISBN: 978-84-944137-8-0
Depósito Legal: M-25402-2015
Impreso en China

¡ESO NO ES NORMAL!

Mar Pavón

Laure du Faÿ

nubeOCHO

El elefante tenía una **trompa** muy, muy larga..., ¡larguísima!

¡ESO NO ES NORMAL!

Bañaba, secaba y perfumaba con ella a su elefantito.

¡ESO NO ES NORMAL!

Ayudaba al MONO más viejito a subir al árbol.

¡ESO NO ES NORMAL!

Acunaba al pequeño antílope.

¡ESO NO ES NORMAL!

Era el tendedero perfecto para las rayas de la cebra.

¡ESO NO ES NORMAL!

Transportaba a las **hormigas** al otro lado del río.

¡ESO NO ES NORMAL!

Abrigaba el cuello de la jirafa.

¡ESO NO ES NORMAL!

Dibujaba corazones en la arena.

¡ESO NO ES NORMAL!

Casi todos los animales agradecían al elefante su generosidad.
Solo el hipoPÓtamo, desde el estanque, se encargaba de
recordar en todo momento que eso... ¡NO ERA NORMAL!

Un día, el hipopótamo estaba tan obsesionado
con el elefante y su larga trompa, que no vio
cómo su cría se alejaba atraída por un **grillo**...

El pequeñín salió del estanque y corrió detrás del insecto.
¡Nunca antes se había visto a un hipopótamo tan rápido!
Los animales, sorprendidos y alarmados, exclamaban:

—¡Eso no es normal!

—¡Eso no puede ser bueno!

—¡Eso va a terminar mal!

—¡Hay que hablar con el hipOPÓtamo para que haga algo!

Las exclamaciones no tardaron en llegar a oídos del hipopótamo,
que de inmediato salió del estanque convencido de que, por fin,
sus vecinos le daban la razón.

Mientras tanto, el elefante, alertado también por los gritos, se acercó rápidamente con la **trompa enrollada** para no tropezar, pero al pasar junto al **hipopótamo**, este no dudó en hacerle la **zancadilla**.

El elefante cayó pesadamente sobre la arena y el hip**OPÓ**tamo enseguida se **burló** de él:

—¡Qué elefante más torpe! ¡Se ha pisado la trompa y se ha caído!

Pero los animales que venían del otro lado no estaban para risas:

—¡Vamos, hipopótamo, apresúrate! ¡Tu hijito corre hacia el lago detrás de un grillo!

Al oír aquello, el hipopótamo palideció y con razón:
¡El lago estaba lleno de cocodrilos, tan hambrientos que
no dudarían en comerse de un bocado a su pequeñín!

El hipopótamo salió disparado y tras él, muchos de sus vecinos, que aunque no le tenían ninguna simpatía, deseaban que recuperara a su hipopótamito sano y salvo.

Pero el pequeño, todavía persiguiendo al inquieto grillo, se acercaba ya a la orilla del lago. Varios pares de OJOS vidriosos permanecían al acecho sobre el agua, esperándolo...

El hipopótamo corría y corría... pero su hijito, agotado y sudoroso, empezaba a refrescarse ya en el lago, ajeno al peligro:
¡No llegaría a tiempo de salvarlo!

Inmediatamente un par de aquellos ojos flotantes se acercó
al recién llegado. Le siguió otro par. Y otro más.

Parecía que lo peor estaba a punto de suceder...

De repente, la **trompa** del elefante apareció la **primera** sobre el lago. Sigilosamente descendió hasta la superficie del agua y... ¡ZAS!, en un santiamén atrapó al hipopotamito y lo levantó rápidamente.

Este movimiento desconcertó a los cocodrilos, que no dudaron en abrir su bocazas para dar tres impresionantes mordiscos...

¡al aire!

El hipopótamo se arrepintió en el acto de haberse portado mal con el elefante. Por eso, además de darle las gracias por salvar a su hijito,

Le pidió perdón muy avergonzado, y prometió solemnemente
no volver a juzgar a nadie solo por ser **diferente**.

Y así, todo volvió a la **normalidad**...

¿O no?